Índice

Rourke Educational Media

rourkeeducationalmedia.com

¿Puedes encontrar estas palabras?

ambulancia

camión de bomberos

escalera

grúa

Vehículos de emergencia

Estas personas están en problemas. ¡La ayuda va en camino!

Un **camión de bomberos** combate los incendios.

El agua sale por la manguera.

Un camión de bomberos alza su **escalera**. ¡Arriba! ¡Arriba! ¡Arriba!

Una **ambulancia** lleva gente enferma al hospital.

DISTRICT OF COLUMBIA
FIRE & EMS UNIT

Una **grúa** ayuda a un auto chocado.

grúa

¡Los vehículos de emergencia hacen su trabajo!

¿Encontraste estas palabras?

Una **ambulancia** lleva gente enferma al hospital.

Un **camión de bomberos** combate los incendios.

Un camión de bomberos alza su **escalera**.

Una **grúa** ayuda a un auto chocado.

Glosario fotográfico

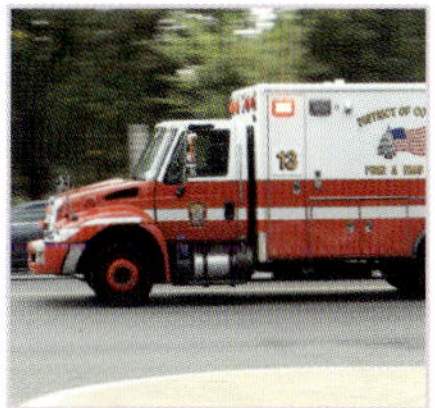

ambulancia: un vehículo que lleva gente herida al hospital.

camión de bomberos: un vehículo grande con tanques de agua que los bomberos usan para apagar incendios.

escalera: una estructura de acero, cuerda o madera que se usa para subir y bajar.

grúa: un camión utilizado para transportar vehículos averiados o chocados.

Índice analítico

Sobre la autora

Katy Duffield es una autora a quien le gustaría conducir una grúa. Le gustaría sentarse en su asiento grande. También le gustaría ayudar a la gente. Sobre todo, le encantaría remolcar autos. Y probablemente le gustaría incluso tocar la bocina. ¡PIIII!

www.rourkeeducationalmedia.com

PHOTO CREDITS: ©MarkusBeck; p.2,8-9,14,15: ©bakdc; p.2,4-5,14,15: ©blurAZ; p.2,6-7,14,15: ©Fedecandoniphoto|Dreamstime.com; p.2,10-11,14,15: ©CrispyPork; p.3: ©Mark Bowden; p.12-13: &#169 Catherine Yeulet

Edición: Keli Sipperley
Diseño de la tapa: Kathy Walsh
Diseño interior: Rhea Magaro-Wallace
Traducción: Santiago Ochoa
Edición en español: Base Tres

Library of Congress PCN Data
Vehículos de emergencia / Katy Duffield
(Mi mundo)
ISBN (hard cover - spanish)(alk. paper) 978-1-64156-922-4
ISBN (soft cover - spanish) 978-1-64156-946-0
ISBN (e-Book - spanish) 978-1-64156-970-5
ISBN (hard cover - english)(alk. paper) 978-1-64156-200-3
ISBN (soft cover - english) 978-1-64156-256-0
ISBN (e-Book - english) 978-1-64156-305-5
Library of Congress Control Number: 2018955961

Printed in the United States of America, North Mankato, Minnesota